GO!
HAIE SIND

Torwart vermisst!

GESCHRIEBEN VON
ANDREAS SCHLÜTER
UND IRENE MARGIL

MIT BILDERN
VON
MICHAEL VOGT

KJB

Liebe Leserinnen und Leser,
diese Geschichte ist frei erfunden.
Nichts davon ist wirklich passiert.

Wir danken Zeljko Ristic, ehemaliger Jugendtrainer bei Hertha BSC und heute Streetworker, für seine fachliche Beratung. Er gehört in Berlin zu einem Organisations-Team, das regelmäßig Straßenfußball-Touren veranstaltet.

Dieser Titel ist auch als Hörbuch erhältlich.

2. Auflage: Juli 2017
Erschienen bei FISCHER KJB

Umschlaggestaltung: GarstenYoung Marketing,
Kommunikation für junge Zielgruppen, unter Verwendung einer Illustration von Michael Vogt
Satz: pagina GmbH, Tübingen
Druck und Bindung: CPI books GmbH, Leck
Printed in Germany
ISBN 978-3-7373-4029-8

INHALT

Kapitel 1

ZACHI

Pedro ärgerte sich. Sonntag, 10 Uhr 15. Die perfekte Trainingszeit für die Fußball-Haie!

Aber von Uhuru war mal wieder nichts zu sehen, obwohl ihr Training schon seit einer Viertelstunde im Gang war. Warum konnte er nicht ein Mal pünktlich sein?

In dem Moment kam er endlich, winkte den Haien schon vom Fahrrad aus zu und rief aufgeregt: „Hey! Jungs, es gibt Neuigkeiten!“ Hastig schloss er sein Fahrrad am Zaun an und lief auf den Platz. „Wir sind zu einem Spiel eingeladen!“

Die Neugier, was hinter Uhurus Worten steckte, fegte Pedros Ärger über die Verspätung weg.

„Ein Spiel? Gegen wen denn?“, fragte Max.

„Gegen meine alten Kumpels vom Savignyplatz“, erklärte Uhuru.

„Super! Spitze! Habt ihr das gehört? Endlich mal wieder ein echtes Spiel!“, rief Max und führte sogleich mit Dimitri einen ihrer einstudierten Torjubel auf. Die beiden machten sich in letzter Zeit einen Spaß daraus, legendäre Torjubel der großen Stars nachzuahmen. Diesmal präsentierten sie „die Säge“. Denn das schönste Training war natürlich nichts gegen ein richtiges Spiel! Schon lange hatten die Haie keines mehr bestritten. Offizielle Turniere waren selten, und auch ein richtiges Einzelspiel musste erst mal organisiert werden. Die Haie waren immer froh, wenn jemand anderes diese Arbeit auf sich nahm und sie dann zu einem Spiel einlud. Entsprechend groß war die Begeisterung.

Außer bei Zachi. Der schlurfte stumm in sein Tor und stellte sich in Position.

„Dann los jetzt! Trainingsspiel. Wer zuerst zehn Tore hat!“, schlug Max vor und klatschte in die Hände. „Mehmet, Dimitri und Diego! Wir spielen zusammen!“

„Dann haben wir schon so gut wie gewonnen!“, behauptete Pedro frech und klatschte mit Juan, Uhuru und Bobby ab.

Zachi musste sich auf einen Haufen Arbeit einstellen. Sie spielten auf ein Tor, und das bedeutete: Für Zachi war jeder auf dem Platz sein Gegner. Sonst krempelte Zachi seine Ärmel hoch und zeigte damit, dass er entschlossen war, jeden Ball zu halten. Jetzt rieb er stattdessen gedankenverloren seine Handschuhe aneinander, als wollte er gleich einen Kuchen backen, statt Fußball spielen.

Schon der erste Ball, den er auf seinen Kasten bekam, flutschte ihm durch die Hände und trudelte über die Torlinie. Ein Fehler, der ihn normalerweise wütend gemacht hätte. Jetzt aber

zuckte er nur mit den Schultern und holte den Ball aus dem Netz.

Kurz darauf kassierte er die Treffer zwei, drei und vier. 3:1 für Pedros Mannschaft.

Max traute seinen Augen nicht. „Was ist denn mit dir los, Zachi? Du lässt ja eine Kirsche nach der anderen durch!"

„Kirsche?", fragte Uhuru. „Quatsch! Ich hatte den Ball voll angeschnitten. Der war unhaltbar!"

„Pah!" Max winkte verächtlich ab. „Den hättest du locker kriegen können, Zachi!"

„Jetzt gebt doch nicht Zachi die Schuld für euren Rückstand!", widersprach Pedro. Er schnappte sich den Ball, umspielte Max, der aber nur halbherzig eingriff, weil er eigentlich lieber weitermeckern wollte, und ließ Pedro zum Schuss kommen.

Der Ball zischte Zachi durch die Beine ins Tor.

Max spuckte auf den Boden. „Durch die Hosenträger, verdammt! Jetzt reicht's aber!"

„Na und? Hauptsache drin!“, konterte Pedro grinsend. Zachi machte es ihnen heute wirklich leicht, Tore zu erzielen, aber deswegen brauchten Max und die anderen seinen Schuss nicht gleich schlechtzureden.

Uhuru stupste Pedro von der Seite an. „Gib zu, auch den hätte Zachi locker halten müssen. Mal ehrlich: Das war nicht besonders stark von dir, Pedro, sondern eher ziemlich schwach von Zachi. Das war überhaupt keine Gegenwehr, der Kasten stand doch die meiste Zeit so gut wie offen.“

Max nickte. Auch Diego und Bobby nickten.

„Wenn Zachi heute nicht gut drauf ist, hättet ihr das ja auch ausnutzen können!“, erwiderte Pedro.

„Das meinten wir nicht“, sagte Mehmet. Er sah rüber zu Zachi.

Pedro verstand. Mehmet und die anderen dachten an das bevorstehende Spiel gegen die Savignys. Mit so einem Zachi waren sie chancenlos.

Pedro kräuselte die Stirn. Er wusste, Kritik mochte Zachi nicht.

Trotzdem rief er: „Okay, Leute. Spielanalyse!"

Alle Spieler versammelten sich rund um Pedro. Nur Zachi blieb im Tor und schaute abwesend zu Boden. Bobby rannte zu ihm.

„Hallo, ist da jemand?", fragte er und wedelte mit den Armen vor Zachis Gesicht. Zachi setzte sich langsam in Bewegung und trottete Bobby hinterher zu den anderen. „Warum rührst du dich denn nicht?", ging Diego auf ihn los. „Da können wir ja gleich den riesigen Pappdöner vom *Dönerhimmel* ins Tor stellen. Der wackelt wenigstens bei jedem Windstoß."

Mehmet bohrte Zachi den Zeigefinger in die Brust. „Diego hat recht. Wieso schläfst du, statt ordentlich zu halten? Willst du so gegen die Savignys spielen?"

Zachi sah wieder zu Boden und wischte mit dem Fuß ein Kieselsteinchen zur Seite.

„Jeder hat mal einen schlechten Tag!“, versuchte Juan Zachi zu verteidigen.

„Außerdem: Zachi war gestern beim Kieferorthopäden. Der hat entschieden, dass er die Zahnspange weiter tragen muss. Stimmt’s?“, vermutete Pedro.

Zachi nickte.

Pedro breitete die Arme aus. „Da habt ihr’s. Da hätte ich auch eine saumäßige Laune. Hab ich recht?“

„Scho ischt esch“, antwortete Zachi, wobei er feine Spucketropfen durch die Luft sprühte. Seine Arme baumelten schlaff an der Seite herunter.

„Mensch, Zachi, ohne die Zahnspange würden wir dich doch gar nicht mehr erkennen!“, versuchte Dimitri ihn zu trösten.

„Stimmt!“, pflichtete Diego ihm bei. „Wer kann schon mit deinem glänzenden Lächeln mithalten?“

Zachi stampfte auf den Boden und ballte seine

Fäuste. Er lief rot an. So wütend war er wegen seiner lästigen Spange noch nie gewesen. Aber vermutlich musste er das Ding weitere drei Jahre tragen.

„Ich kann ihn verstehen!“, sagte Pedro. „Dann lasst uns für heute Schluss machen! Und morgen sehen wir uns wieder, in alter Form!“

Die anderen stimmten zu. Alle klatschten mit Zachi ab und verabschiedeten sich.

Pedro kam als Letzter zu Zachi und fragte vorsichtig nach: „Oder steckt etwas anderes dahinter, dass du heute nicht bei der Sache warst?“

„Lasch mich! Dasch geht dich nichtsch an!“, blaffte Zachi ihn an und lief schnell zum Hinterausgang des eingezäunten Bolzplatzes.

„Warte doch mal!“, rief Pedro ihm hinterher.

Zachi reagierte nicht und stampfte weiter voran, als ob er Pedro gar nicht kennen würde.

Juan hatte hoffentlich recht, und Zachi würde

SPORTS
R

morgen wieder ganz der Alte sein, überlegte Pedro und sah ihm hinterher.

Seltsam, wunderte er sich. Zachis Weg nach Hause führte vorne rum, am Park entlang. Aber Zachi lief zielstrebig nach hinten raus, Richtung Burgsdorfstraße.

Hoffentlich war mit Zachi doch nicht mehr los, als er zugab, dachte Pedro und brach Richtung Sprengelstraße auf, zu sich nach Hause.

Auch am nächsten Tag in der Schule war Zachis Verhalten sehr ungewöhnlich. Keine Blödeleien in der Pause, keine Witze über die Lehrer, kein Gequatsche mit seinen Sitznachbarn. Während des gesamten Vormittags keine einzige Ermahnung von ihrer Lehrerin. Das hatte es bei Zachi noch nie gegeben.

Am Nachmittag auf dem Sparri wiederholten sich die seltsamen Szenen. Zachi zeigte wieder keinen Einsatz, keinen Biss. Seine Unentschlossenheit und sein fehlendes

Selbstbewusstsein sprangen allen in die Augen. Diesmal fiel es noch stärker auf, denn alle beobachteten Zachi nun genau. Natürlich hatten sie gehofft, dass Zachis Formschwäche vom Vortag nur eine Ausnahme gewesen war. Aber Zachi reagierte noch langsamer, ließ sich noch leichter täuschen und leichte Bälle abklatschen, die er einfach hätte festhalten können. Beim Nachsetzen des Gegners stand er auf dem falschen Fuß und hatte so keine Chance, den Ball im letzten Moment aus dem Tor zu fischen.

Er schien nicht mal besonders enttäuscht. Der echte Zachi ärgerte sich über jeden kleinen Fehler, manchmal sogar mehr, als es dem Spiel guttat. Aber davon war nichts mehr zu sehen. Es schien, als ob Zachi gar nicht mitbekam, wie schlecht er spielte. Er wirkte wie ein Schlafwandler. Genau so brachten es Tim und Tom, die Zachis schlechte Leistung am Vortag nicht mitbekommen hatten, auf den Punkt.

„Du träumst die ganze Zeit, statt mitzuspielen!“, sagte Tim ihm auf den Kopf zu.

Tom legte noch einen drauf: „Ich glaube, Zachi ist verliebt. Oder was ist sonst mit dir los? Du bist doch nicht unser Zachi!“

„Verliebt!? Nie im Leben!“, lachte Diego. Alle wussten, dass Diego überzeugt war, von allen als Erster eine Freundin zu haben.

„Really?“, fragte Bobby ernsthaft. „Du dich in ein Mädchen verknallt?“

„Hast!“, korrigierte Tom. „Du *hast* dich verknallt!“

„Ihr schpinnt doch alle!“, verteidigte sich Zachi, packte seine Sachen und ging.

„Hey?“, fragte Pedro. „Was ist denn nun los?“ Sie hatten noch eine volle halbe Stunde Training eingeplant. Und Zachi blieb immer bis zum Schluss.

„Du kannst doch nicht einfach abhauen!“, rief Tim ihm hinterher.

„Ich musch gleich tschum Tschahnartscht“, behauptete Zachi.

„Schon wieder?“, fragte Max.

„Kann er doch auch nichts dafür“, verteidigte Pedro ihn.

„Hättest du uns das nicht wenigstens gleich sagen können?“, fragte Dimitri.

Aber Zachi konnte ihn schon nicht mehr hören.

„Unbelievable“, sagte Bobby. „Ich denke, er hat *doch* eine Mädchen!“

„Quatsch! Zachi doch nicht!“, stellte Diego sofort klar. Aber auch er fand, dass Zachi sich höchst merkwürdig benahm.

„Schauen wir doch mal nach, wohin Zachi geht“, schlug Pedro vor. „Gestern ist er nicht gleich nach Hause gegangen, sondern hat einen anderen Weg genommen. Kommt ihr mit?“

Alle holten blitzschnell ihre Taschen. Nur Juan zögerte einen Moment, doch dann lief auch er im Sprint hinter den anderen her.

Pedro fiel auf, dass Zachi denselben Weg wie am Vortag einschlug. Dieser Weg führte weder zu Zachis Kieferorthopäden noch zu ihm nach Hause. Wohin wollte er also wirklich?

Die Haie folgten ihm unauffällig wie Detektive.

„Fühlt sich irgendwie doof an, einem Freund nachzuspionieren“, sagte Max.

„Finde ich auch, aber irgendwas stimmt mit Zachi nicht …“, rechtfertigte Pedro ihre Aktion.

DER SCHOCK

Zachi ging zur S-Bahn-Station Berlin-Wedding und wartete dort am Gleis. Die Haie schlichen weiter hinter ihm her. Unentdeckt zu bleiben war gar nicht so leicht. Mehrfach befürchtete Pedro, dass Zachi sie gesehen hatte.

Aber Zachi stand nur wie eingefroren da und blickte stur in die Richtung, aus der die Bahn kurz darauf einfuhr.

„Mist, wir brauchen ja alle noch eine Karte! Geht schon mal rein, ich mach das schnell!“, rief Diego. Er beeilte sich, die Tickets zu lösen. Zachi stieg ein. Die Haie schlüpften zwischen den anderen Fahrgästen in den Waggon dahinter.

„Alter, komm endlich!“ Mehmet beobachtete,

wie Diego nervös von einem Fuß auf den anderen trippelte, bis der Automat endlich ihre Fahrkarten ausspuckte.

Zeitgleich mit dem Signal zum Schließen der Waggontüren schaffte Diego es gerade noch, in die Bahn zu springen.

Zachi saß ganz hinten in der letzten Reihe und starrte hinaus. Was war nur los mit ihm? Im U-Bahn-Tunnel gab es nichts zu sehen. Nichts! Nur schwarzes Dunkel und ein paar vorbeirasende Lichter. Trotzdem klebte Zachi mit der Nase an der Fensterscheibe, als ob er auf eine Überraschung wartete.

Pedro ahnte, dass das alles nichts Gutes bedeuten konnte.

Zachi machte weder bei der ersten, noch bei der darauffolgenden Station Anstalten auszusteigen. Bekam er überhaupt mit, wie weit er schon gefahren war?

„Ab hier gelten unsere Karten gar nicht mehr!“,

flüsterte Diego nach der dritten Station und sah sich um. Ein Kontrolleur war nicht zu sehen.

Tom verzog das Gesicht. „Was ist, wenn wir jetzt erwischt werden?“

Die Kontrolleure konnten an jeder Station zusteigen.

„Dann sitzen wir alle in der Falle“, sagte Max.

„Eine Gruppen-Tageskarte wäre wohl doch besser gewesen“, murmelte Diego.

„Wann steigt der denn endlich aus?", fragte Dimitri.

Sie fuhren durch halb Berlin und befanden sich inzwischen in Friedrichshain.

Keiner der Haie war vorher jemals ohne erwachsene Begleitung so weit durch die Millionenstadt gefahren!

„Nächste Station *Frankfurter Allee*“, kündigte eine Frauenstimme durch die krächzenden Lautsprecher an.

„Ich muss zurück! So weit darf ich nicht!“, rief

Juan erschrocken. Er stellte sich vorsorglich an die Tür, bereit zum Ausstieg. „Und ihr?“

In dem Moment stand auch Zachi auf, um auszusteigen. Noch immer hatte er seine Freunde im Waggon hinter ihm nicht entdeckt und ahnte nicht, dass die Haie ihn im Blick behielten.

Am Bahnhof Frankfurter Allee stieg er aus.

„Alle raus hier, los!“, rief Dimitri und schubste Mehmet Richtung Tür.

So weit draußen war auch Zachi sonst nie allein unterwegs, überlegte Pedro.

Sie versuchten, ihn zwischen den anderen Fahrgästen nicht aus den Augen zu verlieren.

Zachi stieg die Treppen hoch, lief die Frankfurter Allee entlang bis zur Müggelstraße, bog links in sie ein und ging dann schnurstracks geradeaus. Nach nicht einmal zehn Minuten erkannte Diego, wo sie waren: „Der Traveplatz! Ein Cousin von mir hat hier mal gewohnt! Kein schlechter Bolzplatz!“

„Traveplatz?“, fragte Uhuru. „Spielt da nicht die Green-Gang!“

„Genau!“, bestätigte Diego.

Bei einem Turnier waren sie sich mal begegnet.

„Seht euch das an!“ Sie hatten sich hinter einem Busch versteckt. Uhuru schob ein paar Zweige zur Seite, so dass sie alle einen guten Blick auf das Feld hatten. „Zachi kennt die offenbar besser als wir!“

Zachi legte seine Tasche beiseite und stieg sofort in das Training mit ein.

„Alter, ich glaub’s nicht!“, rief Mehmet. „Spielt er jetzt bei denen, oder was?“

Doch auch hier enttäuschte Zachi und hielt keinen Ball.

„Den musst du doch haben!“, brüllte ein Junge Zachi an. „Und du willst Torwart sein?“

Diego rückte seine Brille auf der Nase zurecht. „Will Zachi etwa die Mannschaft wechseln?“

Pedro konnte sich das nicht vorstellen. „Und dann täglich den weiten Weg fahren?“

„Ich will es jetzt wissen!“, sagte Max und stürzte Richtung Platz.

„No! Stop!“ Bobby bekam im letzten Moment sein Trikot zu fassen und zerrte ihn zurück. „Willst du, dass er weiß, dass wir ihn verfolgt haben?“

Max, dem sonst niemand so schnell die Laune verderben konnte, biss sich auf die Lippe. „Von wegen, er muss schon wieder zum Zahnarzt. Der Lügner!“

„Ja, genau. Was bitteschön bedeutet das denn sonst hier?“, pflichtete Dimitri ihm bei.

Er deutete mit ausgebreiteten Armen auf das Spielfeld. Das Training war in vollem Gange. Und Zachi stand mittendrin.

Pedro schüttelte traurig den Kopf. Das konnte doch nicht sein! Wie viele tolle Spiele hatten sie mit Zachi erlebt? Der Ausflug nach Hamburg, den eigentlich Zachi gewonnen hatte, war erste Sahne gewesen. Und erst das gemeinsame Fußballcamp an der Ostsee, das Pedro niemals in seinem Leben vergessen würde. Die Fußball-Haie ohne Zachi, das war wie ein Hai ohne Rückenflosse. Zachi gehörte zu ihnen und war ihr Rückhalt. Bisher. Vielleicht stellte sich das alles hier als großes Missverständnis heraus, hoffte Pedro.

Die Haie verzogen sich unbemerkt wieder und fuhren zurück nach Hause zu ihrem Sparri. Ohne Zachi.

* * *

Die ganze Nacht ging Pedro die Sache nicht aus dem Kopf. Am nächsten Tag fehlte Zachi in der Schule. Am Nachmittag auf dem Weg zum Sparri beschloss Pedro daher, bei Zachi vorbeizugehen.

Unten vor der Haustür blieb er erschrocken

stehen. Eine lange Menschenschlange, die sich an der Hauswand entlangzog, führte direkt ins Treppenhaus hinein. Mindestens vierzig Leute standen draußen. Zum Glück war nirgends ein Kranken- oder Polizeiwagen zu sehen. Trotzdem: Irgendetwas musste ja passiert sein.

Pedro streckte sich, konnte aber nichts erkennen. Deshalb fragte er eine der Wartenden.

„Im dritten Stock links wird eine Wohnung frei", erklärte die junge Frau, die ein Baby auf dem Arm trug.

„Eine bezahlbare Wohnung zu ergattern ist ja mittlerweile wie ein Glücksspiel", klagte ein Mann, der hinter ihr stand.

Pedro hörte gar nicht mehr zu. Dritter Stock links?, schoss es ihm durch den Kopf. Das war Zachis Wohnung! Wieso wurde die frei? Zachi hatte nichts davon erzählt, dass sie in eine größere Wohnung zogen. War Zachi vielleicht deshalb so wenig bei der Sache, weil er in

Gedanken schon sein neues Zimmer einrichtete? Pedro musste schmunzeln. Das konnte er sich bei Zachi gut vorstellen.

Pedro rannte sofort rüber zum Sparri, um den Haien mitzuteilen, dass er den Grund für Zachis Verhalten entdeckt hatte. So sehr freute sich Pedro darüber, dass er nicht mehr daran dachte, wie sie Zachi am Vortag noch bei der Green-Gang hatten mitspielen sehen.

Bis er den Sparri erreichte.

Dort hatten die anderen gerade begonnen, sich ein wenig warmzukicken, als sie von Ulf unterbrochen wurden. Fast gleichzeitig kam Pedro mit dem Anführer der Knödel an.

„Auch das noch!“, dachte Pedro.

„Spielchen gefällig?“, fragte Ulf laut über den Platz.

Niemand hatte Lust, gegen Ulf und die Knödel zu spielen. Zu allem Überfluss kam nun auch noch der dicke Porky aufs Feld gewackelt.

„Ich meine, jetzt, wo ihr keinen Torwart mehr habt!“, ergänzte Ulf mit schadenfrohem Grinsen.

„Wie bitte?“, fragte Dimitri.

„Oder wisst ihr das noch gar nicht?“, fragte Ulf scheinheilig nach. Er wartete, bis Porky neben ihm stand. „Sag du’s ihnen!“

„Zachi zieht weg!“, sagte Porky.

Ein Satz wie ein Donnerschlag.

„Ja, ja, das ist eeecht lustig!“, versuchte Mehmet noch abzuwehren.

Doch die anderen spürten schon, dass da nichts mehr zu retten war.

Pedro fühlte einen dicken Kloß im Hals.

Und Uhuru fragte nach: „Wie? Wegziehen?“

„Das ist kein Witz. Mein Vater arbeitet in der gleichen Umzugsfirma wie Zachis Vater. Und der hat erzählt, dass Zachi mit seiner Mutter nach Friedrichshain zieht“, erklärte Porky.

Alle sahen sich schweigend an. Sie standen unter Schock.

„Warum?“, fragte Juan irgendwann in die Stille.

Porky zuckte mit den Schultern.

Ulf antwortete für ihn. „Wieso wohl? Er zieht allein mit seiner Mutter weg. Also: Seine Alten haben sich getrennt. Ist doch wohl logo!“

Diese Nachricht war noch zehnmal schlimmer als die erste, fand Pedro.

„Das … aber … wieso … ich ... also …“ Mehr als Gestammel brachte Pedro nicht heraus.

„Also, das war’s dann, Jungs. Ihr steht ohne Torwart da“, gluckste Ulf. „Ich freu mich schon auf das nächste Spiel gegen euch. Ist nicht bald irgendwo ein Turnier? Bei den Savignys vielleicht? Also bis bald! Wir müssen los! Tschüüühüüüsss!“

Pedro wartete, bis die beiden außer Hörweite waren.

Dann zischte er ihnen leise hinterher: „Idioten!“

Im selben Moment kam Zachi auf den Platz gerannt.

„’tschuldigung für die Verschpätung, ich bin gleich scho weit“, sagte er völlig außer Atem und als wäre nichts geschehen, während er seine Torwarthandschuhe aus der Tasche kramte.

„Wie bitte?“, fragte Max und riss sie ihm aus der Hand. „Willst du uns nicht erst mal was erzählen?“

Zachi erschrak und schwieg.

Mehmet gab Pedro ein Zeichen, dass er Zachi fragen sollte.

Pedro fiel es schwer. Er räusperte sich und kam direkt auf den Punkt: „Wir haben gehört, dass du bald wegziehst!“

„Wie ...?“ Zachis Lippen begannen zu zittern. „Wie kommt ihr denn darauf?“ Er drehte sich verlegen zur Seite.

Max packte ihn an der Schulter und drehte ihn zu sich. „Erzähl uns jetzt endlich, was los ist!“

Zachi begann zu bibbern. Tränen kullerten über seine Wangen und tropften auf sein Trikot. Seine Nase lief, und er schniefte.

Juan reichte ihm ein Taschentuch.

Als Zachi das erst gar nicht bemerkte, hielt Juan es ihm direkt vor die rotunterlaufenen Augen.

Zachi stand wie ein Häufchen Elend zwischen ihnen. In diesem Moment bedauerte Max, dass er ihn so hart angegangen war. Aber er hatte ja nicht ahnen können, dass Zachi gleich losheulte.

Aber wenn das stimmte, was Porky da behauptet hatte …

„Ich …“, begann Zachi zögerlich. Seine Stimme zitterte und wurde immer wieder vom Schluchzen erstickt. „Ich … will doch … gar nicht weg! Aber, aber …“

Er brach ab.

Juan reichte ihm ein weiteres Taschentuch.

„... aber meine Mutter tschieht mit mir nach Friedrichschhain!“, schluchzte er hinter dem Taschentuch.

„Deine Mutter und du? Wie? Und was ist mit deinem Vater?“, fragte Diego.

„Meine Eltern laschen schich scheiden. Papa bleibt hier, und ich wohne dann bei Mama!“

Der Straßenlärm dröhnte in den Park, die Kinder auf dem Spielplatz nebenan kreischten.

„Die beiden wollen sich trennen?“, stutzte Tom.

„Aber die waren doch noch zusammen auf dem Schulfest!“, platzte es aus Tim heraus.

„Ja klar, ischt ja nicht scho, dasch schie schich nicht mögen und schtändig schtreiten. Aber …“ Und wieder überkam Zachi ein Heulkrampf.

Alle Haie standen dicht um ihn herum. Jeder konnte erahnen, wie schlimm das für Zachi war, und was das bedeutete. Seine Eltern würde er nicht mehr wie bisher zusammen haben, sondern immer nur einzeln. Er musste umziehen und damit das Training mit den Fußball-Haien streichen, in eine andere Schule wechseln und auch in einem neuen Fußballverein Mitglied werden – wenn überhaupt. Vielleicht blieb er auch nur ein einsamer Straßenfußballer, dessen beste Freunde eine halbe Ewigkeit entfernt wohnten!

„Alter, wir gehen jetzt erst mal alle 'ne Limo trinken!“, schlug Mehmet vor. „Rhabarberschorle, die magst du doch am liebsten, oder Zachi?“

FAMILIENSACHEN

In einer kleinen Menschentraube gingen die Jungs mit Zachi in der Mitte direkt zum *Dönerhimmel*. Dort war gerade viel los. Sie drängelten sich an wartenden Kunden vorbei und setzten sich ganz hinten an ihren Stammtisch.

Mehmet holte eine Flasche Rhabarbersaftschorle aus dem großen Getränkekühlschrank, einen Stapel Pappbecher und kehrte an den Tisch zurück, wo Zachi gerade erzählte.

„Ich kann ja auch nichtsch dafür tun, damit meine Eltern schich wieder ineinander verlieben!" Zachi breitete die Arme aus und zuckte mit den Schultern. „Ischt eben scho. Allesch Mischt!"

Mehmet schielte kurz hinüber zu seinem Vater, der gerade die Kundschaft bediente, und zu seiner Mutter, die Schüsseln in der Theke mit frischem Salat auffüllte. Hin und wieder stritten die beiden sich. Erst kürzlich ging es darum, wie lange sie den Imbiss schließen wollten, damit sie sowohl zu seinen Großeltern nach Dänemark als auch zur Familie seines Vaters in die Türkei fahren konnten. Das war jedes Jahr zur Urlaubszeit das gleiche Problem. Aber spätestens nach einer halben Stunde versöhnten sie sich wieder und lachten miteinander. Wenn es aber dauernd Krach zwischen den beiden gäbe und keine Versöhnung? Mehmet mochte sich gar nicht vorstellen, wie es wäre, wenn sich seine Eltern trennen würden. Zachi konnte einem echt leidtun.

„Aber vielleicht können wir etwas dafür tun, dass du hier im Wedding bei deinem Vater bleiben kannst!“, überlegte Pedro laut.

Zachi schüttelte den Kopf. „Mein Vater arbeitet im Schichtdienscht. Da wäre ich viel zu oft abendsch und nachtsch allein."

„Also, lass uns doch mal schauen, wie dein Tag aussehen könnte", setzte Pedro nach. „Mittags könntest du wie Max und ich manchmal in der Schulkantine essen." Max aß täglich dort, denn auch seine Eltern lebten getrennt und waren beide berufstätig. Zum Glück wohnten sie aber nur wenige Straßen auseinander. So blieb Max im Wechsel je eine Woche bei seiner Mutter und eine bei seinem Vater und dessen Freundin. Max kannte das fast gar nicht anders.

„Oder du kommst mit mir mittags hierher!", schlug Mehmet vor. „In den *Dönerhimmel*!"

Zachi huschte ein Lächeln übers Gesicht. Täglich Döner, das wäre schon was! Doch dann wurde er gleich wieder nachdenklich. Auch Mehmet aß hier natürlich ganz normal zu Mittag und keineswegs täglich Döner.

rezept:

Die anderen sammelten weiter Ideen, wie sie es Zachi ermöglichen könnten, im Wedding zu bleiben.

„Nachmittags kannst du mit zu mir nach Hause kommen. Ich mache meine Hausaufgaben sowieso nicht gern allein“, schlug Pedro vor und stupste Zachi in die Seite.

„Oder du kommst mit zu mir“, sagte Max und lächelte. „Ich hab eh zwei Zimmer, eines bei meiner Mutter, eines bei meinem Vater. Wir können zusammen sein oder wöchentlich so wechseln, dass immer jeder sein eigenes Zimmer hat!“

„Genial!“, fand Pedro.

Zachi nippte an seinem Saft. „Ich glaube nicht, dasch deine Eltern dasch für eine tolle Idee halten …“, erwiderte er.

Trotzdem schmiedeten die anderen weiter Pläne, um seinen Umzug vielleicht doch noch zu verhindern.

„Und warum sucht deine Mutter nicht hier im Wedding eine Wohnung?“, fragte Max. „So wie meine Eltern?“

„Schie wollen möglichscht schnell jeder allein wohnen, und Mama braucht nicht lange tschu schuchen. Schie kann tschufällig die Wohnung ihrer Freundin in Friedrichschhain übernehmen! Weil die mit ihrem Verlobten tschuschammentschieht.“

„Mist!“, ärgerte sich Diego. „Da heißt es immer: Wohnungsnot in Berlin. Aber Zachis Mutter findet sofort eine!“

„Leihst du mir kurz dein Handy“, fragte Uhuru und flüsterte Mehmet etwas zu. Sein Gesichtsausdruck verriet, dass ihm etwas Wichtiges eingefallen war. Mit Mehmets Handy verschwand er nach draußen und kam zwei Minuten später freudestrahlend wieder herein.

„Er ist einverstanden, Jungs!“, rief er. „Ich hab meinen großen Bruder gefragt! In einem Monat fängt er ein Praktikum an und ist für drei Monate nicht in der Stadt. Du kannst solange sein Zimmer haben!“

Alle Haie schauten Uhuru gespannt an. Erst langsam begriffen sie sein Angebot.

„Nach drei Monaten können wir ja weitersehen. Jetzt muss ich nur noch meine Eltern fragen. Was denkst du, Zachi?“

Zachi schüttelte den Kopf. „Ich weisch nischt. Meine Mama hat schon mit Packen angefangen. Dasch ischt beschloschene Schache!“

„Vielleicht gefallen deiner Mutter unsere Ideen ja? Soll jemand von uns mitkommen und sie mal fragen?“, sagte Uhuru.

„Genau!“, stimmte Dimitri zu. „Am besten, wir kommen alle mit zu dir!“

Zachi sah auf die Uhr und überlegte. „Meine Mutter kommt gleich nach Hause, und mein Vater musch erscht in tschwei Stunden losch.“

„Das ist die Chance! Los, kommt!“, rief Pedro.

Uhuru wollte wegen des Zimmers sofort mit seinen Eltern sprechen und dann zu Zachi nachkommen.

* * *

Zachis Mutter hörte sich zwar die Vorschläge der Haie an und zeigte sich sogar beeindruckt von den vielen Ideen, die sie ausgeheckt hatten, aber es änderte nichts: Am Umzug nach Friedrichshain ließ sich nicht mehr rütteln.

Enttäuscht verabschiedeten sich die Haie von Zachi und seiner Mutter.

Als sie unten aus der Haustür gingen, kam Uhuru angerannt.

„Hey, Leute. Es hat geklappt! Meine Eltern wollen nur noch mal mit Zachis Eltern sprechen, dann geht alles klar!", rief er aufgeregt.

Doch niemand teilte seine Freude. Stattdessen ließen sie noch mehr die Köpfe hängen.

Dimitri erzählte von ihrem Besuch bei Zachis

Eltern. „Zachi tut mir echt leid!“, schloss er seinen Bericht.

Doch so leicht wollte Uhuru nicht aufgeben. „Dann gibt es nur noch eine letzte Chance!“, sagte er.

Alle sahen ihn fragend an.

„Wir gehen zum Chef von Zachis Vater!“, verkündete er entschlossen. „Und erklären ihm, dass Zachi nicht in seinem alten Zuhause bleiben kann, wenn sein Vater abends und nachts arbeiten muss. Ich meine, das muss er doch verstehen und einlenken und Zachis Vater anders einteilen!“

Pedro zweifelte erst. Aber aus Uhurus Mund hörte sich das total logisch und einfach an. Klar, sein Chef musste Zachis Vater nur anders einteilen!

Auch die anderen witterten in Uhurus Vorschlag eine letzte Chance, Zachis Umzug zu verhindern. Wenn sein Vater keinen

Schichtdienst mehr machen müsste, dann lösten sich alle Probleme in Luft auf, und Zachi konnte bei seinem Vater wohnen und im Wedding bleiben!

Nur Mehmet zeigte Uhuru einen Vogel. „Alter, wie soll das denn gehen? Denkst du etwa, man lässt uns bis zu seinem Chef vor?"

„Ich hätte da vielleicht eine Idee!", sagte Diego nach einigem Nachdenken. „Treffpunkt morgen um 14 Uhr auf dem Sparri. Dann werden wir ja sehen, ob ich für uns einen Termin klarmachen konnte. Dafür muss ich jetzt aber auch sofort los, tschüüüüß!"

Er klatschte mit allen ab.

Das sah Diego mal wieder ähnlich. Er wollte später Manager werden. Wofür, wusste er allerdings noch nicht. Trotzdem tat er schon jetzt oft so, als habe er auf alle Fragen eine Antwort und für jedes Problem eine Lösung. Und natürlich brauchten sie gar nicht erst fragen, was er vorhatte. Das würde er ohnehin erst verraten, wenn sein Plan aufgegangen war.

„Das wird doch niemals was!“, sagte Mehmet voraus.

DAS GESPRÄCH

Pedro mochte sich gar nicht vorstellen, wie es ohne Zachi werden sollte. Ihn und Max hatte er damals als Erste gefragt, ob sie bei einer eigenen Bolzplatzmannschaft mitmachen wollten, um gegen die Großen, die „Knödel“, anzutreten. Zu dritt hatten sie Mehmet gefragt, der sofort zusagte. So waren die Fußball-Haie entstanden. Seither hatten sie mehrfach bewiesen, wie gut sie waren. Jetzt hatten sie ihren ersten Abgang. Ausgerechnet Zachi! Pedro wollte auf jeden Fall mithelfen, jede noch so kleine Chance zu nutzen, um Zachis Abschied abzuwenden. Er zog sein schönstes Shirt an, frisch gewaschene Shorts und weiße Socken. Das konnte bei einem wichtigen Gespräch bestimmt nicht schaden. Auch seine Fußballschuhe polierte er auf Hochglanz. Er war gespannt, ob Diego etwas erreicht hatte. Als der kurz nach Pedro auf dem Sparri auftauchte, stachen sein weißes Hemd und die Aktenmappe unter seinem Arm schon von weitem ins Auge. In diesem Aufzug wollte er bestimmt nicht kicken, sondern sie wie ein Manager zu einem wichtigen Termin führen.

„Wir starten in zwanzig Minuten“, verkündete Diego und sah auf die Uhr. „Oder besser in zehn!“

Sie waren vollzählig. Bis auf Uhuru, der aber immer als Letzter kam. Und bis auf Zachi natürlich, der von ihrer Aktion nichts wusste.

„Du hast es also wirklich geschafft?“, fragte Tom. „Wie das denn?“

Diego rückte seine Brille zurecht und begann zu erzählen: Das Hotel, in dem sein Vater an der Rezeption arbeitete, und die Spedition Zopf arbeiteten schon seit Jahren zusammen.

„Aha“, sagte Dimitri „Aber wie bist *du* an den Termin gekommen?“

Diego grinste. „Das zeichnet eben einen guten Manager aus!“

„Tss“, machte Mehmet. „Gib's zu. Du hast die Sekretärin zugetextet, bis sie dir einen Termin gegeben hat, damit sie ihre Ruhe hat!“

„Hauptsache, wir haben einen Termin!“, antwortete Diego und grinste immer noch. „Außerdem liebt die Sekretärin Marzipan. Das weiß ich von meinem Vater.“

„Super gemacht!“, fand Tim.

„Spitze!“, lobte auch Tom.

Sogar Mehmet lächelte anerkennend.

Hoffnungsvoll fuhren die Jungs zur Zentrale der Umzugsfirma, vier U-Bahn-Stationen entfernt. Diego übernahm die Führung. Er brachte sie bis zu einem hohen Haus mit einem Pförtnerhäuschen und einer rot-weißen Schranke. Diego nannte seinen Namen, und dann wurden sie auch schon von der Sekretärin persönlich abgeholt und ins Büro begleitet.

„War das Marzipan gut?“, erkundigte sich Diego und lächelte so charmant er nur konnte.

„Lübecker Marzipan!“, schwärmte die Sekretärin. „Das ist das beste!“

Diego warf seinen Freunden einen verschmitzten Blick zu.

Dann hatten sie das Büro des Chefs erreicht.

„Das ist sein Arbeitszimmer?“, flüsterte Pedro und sah sich um.

In dem Raum standen ein Tisch und ein paar Stühle.

„Den Rest haben seine Leute wohl weggetragen“, sagte Max und kicherte.

Diego stellte sich ganz nach vorne und kam direkt zur Sache.

„Das ist der Besprechungsraum“, erklärte die Sekretärin. „Herr Lüdenscheid kommt gleich. Bedient euch!“

Sie zeigte auf die Flaschen und Gläser, die in der Mitte des Tisches standen.

Das ließen sich die Haie nicht zweimal sagen.

„Endlich mal nicht nur Apfelschorle!“, rief Dimitri und nahm sich eine Orangenlimo.

Da trat auch schon Herr Lüdenscheid ins Zimmer. Groß, breitschultrig, kurze Stoppelhaare. Ein bisschen wirkte er wie Ulf, den man in einen grauen Anzug gezwängt hatte. Seine Krawatte war locker gebunden, der oberste Hemdknopf stand offen.

„Hallo Jungs!“, grüßte Herr Lüdenscheid freundlich und gab jedem die Hand. Als Pedro dran war, hatte er das Gefühl, seine Hand würde von einer Schraubzwinge zusammengequetscht. Pedro sagte keinen Mucks, konnte sich aber lebhaft vorstellen, wie Herr Lüdenscheid früher, bevor er Chef wurde, selbst einmal schwere Möbel geschleppt hatte.

Diego räusperte sich und trug dann sehr

gekonnt vor, weshalb sie gekommen waren. Er schilderte, wie schlimm es wäre, wenn die Fußball-Haie Zachi nicht mehr im Tor hätten, wie schwierig es für Zachi sein würde, sich in eine neue Schule einzugewöhnen, und was es bedeutete, wenn er dazu auch noch die Mannschaft und die Freunde wechseln musste.

Herr Lüdenscheid hörte ihm aufmerksam zu.

„Und darum bitten wir Sie, Zachis Vater in den Tagesdienst zu nehmen, dann kann alles so bleiben wie bisher!“, beendete Diego seinen Vortrag.

Herr Lüdenscheid schwieg, überlegte und sagte schließlich: „Nun gut, das ist natürlich wirklich eine schwierige Situation für euren Freund.“

Er tippte auf das iPad, das er vor sich auf den Tisch gelegt hatte.

Die Haie warteten gespannt.

„Wegen solcher Probleme mit dem

Schichtdienst haben wir unseren Betriebskindergarten und unsere Tagesstätte. Allerdings nur für Kinder bis acht Jahre“, erklärte er, ohne den Blick vom iPad zu heben. „Und euer Freund ist bestimmt älter als acht, oder?“

Er lächelte über den Rand seiner Lesebrille hinweg.

Pedro fragte sich, was es da zu lächeln gab.

„Ich sehe hier die Personalakte von Zachis Vater.“ Pause. „Es tut mir leid, Jungs. Die meisten unserer Kunden buchen uns ja, weil sie weit fortziehen. In andere Städte. Da müssen die Fahrer oft weit reisen und sich auf ihre Fahrzeuge verlassen können. Ist einer von euch schon mal umgezogen?“

Tim und Tom, Pedro, Mehmet und Dimitri schüttelten die Köpfe.

Uhuru meldete sich.

Herr Lüdenscheid grinste.

„Von Afrika hierher?“, fragte er, weil Uhuru schwarz war.

„Nö!“, antwortete Uhuru. „Von Frankfurt!“ Seine Eltern kamen aus Ghana, aber er war wie die meisten Fußball-Haie in Deutschland geboren.

Dimitri allerdings war wirklich aus Thessaloniki zugezogen, Diego aus Buenos Aires, Bobby aus London und Juan aus Barcelona.

„Na, seht ihr! Auch eure Familien haben da vom Umzugsunternehmen Pünktlichkeit und Sorgfalt erwartet. Ich kann da nichts dran drehen. Die Leute brauchen ja ihre Möbel und ihre Sachen. Es muss alles so bleiben wie bisher.“

„Na, super!“, nörgelte Pedro leise.

„Pffff“, machte Tim.

Tom seufzte.

Diego presste die Lippen aufeinander.

„Tut mir wirklich leid“, wiederholte der Mann.

„Aber Sie sind der Chef!“, platzte es aus Uhuru heraus. „Sie können das doch bestimmen!“

„Ja, ich bin hier der Chef. Und ich habe Zachis Vater damals als Techniker bei uns eingestellt. Ich brauche ihn. Denn unsere Fahrzeuge werden rund um die Uhr gewartet, damit sie immer einsatzbereit sind. Zum Wohle des Kunden! Sorry, anders geht es nicht." Er stand auf. „Und nun muss ich euch verabschieden. Ich hab gleich die nächste Besprechung. War nett, mit euch zu plaudern."

Die Haie tranken ihre Limonaden aus und zogen mit hängenden Köpfen ab.

„Wenn ich mal Chef bin, mach ich das anders!", versicherte Uhuru.

„Ja, du kommst ja jetzt schon immer zu spät!", stellte Diego fest.

„Das war's dann wohl!", fasste Max zusammen. „Dann bis morgen zum Training. In drei Tagen ist unser Spiel gegen die Jungs vom Savignyplatz! Da haben wir Zachi ja zum Glück noch."

Allerdings musste Zachi seine zuletzt

miserablen Vorstellungen vergessen machen und seine gewohnten Stärken zeigen. Sonst hatten sie gegen die Savignys nicht den Hauch einer Chance. Aber wie sollten sie das anstellen?

DER ERSATZSPIELER

Als Pedro am nächsten Tag zum Training auf dem Sparri erschien, waren die anderen schon da.

Zachi war gerührt, als sie ihm von dem Gespräch mit dem Chef berichteten. Trotzdem erklärte er: „Dasch hätte ich euch gleich schagen können."

Aber er wirkte wie ausgewechselt. Nichts mehr zu sehen von dem niedergeschlagenen Zachi. Im Gegenteil: Mit hochgekrempelten Ärmeln war er bereit zum Training.

Im Spiel sprang er breitbeinig im Tor hin und her, und nichts schien ihn davon abbringen zu können, seinen Kasten sauberzuhalten.

Tatsächlich parierte er einen harten Schuss nach dem anderen.

„Super!“, schwärmte Pedro und machte sich für einen neuen Anlauf bereit.

„Ich werde noch mal allesch geben. Ischt doch klar!“, versprach Zachi. „Die Jungsch vom Schavigny werden schtaunen!“ Er spuckte in seine Handschuhe. „Losch, weiter!“

So kannten sie ihn. So hatte er ihre Kiste nach besten Kräften verteidigt. Ein Fußball-Hai steckte den Kopf nicht in den Sand!, freute sich Pedro. Jeder sah sofort, dass sie voll auf Zachi zählen konnten.

Plötzlich tauchte auf der Treppe zum Spielfeld ein Junge auf.

Das war eigentlich nichts Besonderes. Es kam hin und wieder vor, dass jemand kurz zuschaute.

Doch als Diego ihn entdeckte, unterbrach er sein Spiel und lief auf den Jungen zu.

„Kommt mal alle her“, rief er die Haie zu

sich und schob den Jungen neben sich nach vorn. „Ich will euch Artjom aus meiner Schule vorstellen!“ Diego ging nicht, wie die meisten Haie, auf die Brüder-Grimm-Schule. „Ein super Fußballspieler!“

„Hallo!“ Artjom lächelte und nickte den Jungs verlegen zu. Er war mindestens zwei Köpfe größer als Pedro, auch alle anderen überragte er deutlich.

„Ich hab ihn gefragt, ob er bei uns mitmachen will“, erläuterte Diego und sah in lauter fragende Gesichter.

„Ohne vorher zu fragen?“, sagte Bobby,

„Außerdem sind wir im Moment vollzählig!“, ergänzte Mehmet.

„Aber nicht mehr lange“, widersprach Diego. „Und Artjom ist ein super Torhüter! Das passt doch perfekt, oder?“

Zachi zuckte zusammen.

Alle anderen starrten Diego mit einer Mischung aus Überraschung und Entsetzen an.

„Hab ich dasch richtig verschtanden?“ Zachis Nasenspitze berührte fast die von Diego. „Du schleppscht hier schon meinen Nachfolger an?“

Diego stieß Zachi von sich weg. „Wenn du nicht mehr da bist, brauchen wir doch einen Ersatz …“

Zachi stellte sich wieder vor Diego.

„Du, du …“, zischte Zachi mit hochrotem Kopf.

Dann riss er sich seine Torwarthandschuhe von den Händen und schmiss sie Diego vor die Füße. „Ihr könnt esch wohl gar nicht abwarten, bisch ich weg bin, oder wasch? Ich hab hier nichtsch mehr verloren!“

„Warte!“, versuchte Pedro vergeblich ihn aufzuhalten.

Zachi stampfte vom Platz.

„Du hast so viel Gefühl wie eine Dampfwalze!“, sagte Uhuru.

Diego zuckte mit den Schultern und breitete die Arme aus. „Fest steht doch, dass wir Zachi verlieren. Und dann stehen wir ohne Torwart da!“

„Ja, aber ... Musstest du gerade heute ...“, wandte Tom ein.

„Konntest du dir nicht einen besseren Moment aussuchen?“, fragte Tim.

„Ich stell mich jedenfalls nicht ins Tor!“, sagte Diego und winkte ab. „Und Artjom könnte wirklich gut zu uns passen.“

Artjom stand wortlos da. Er wäre auch ein perfekter Basketballer. Bei seiner Größe war der Weg zum Korb nicht mehr weit. Mit seinen langen Armen konnte er ihnen bestimmt auch die Bälle gut aus dem Tor angeln.

„Ich hab schon viel von euch und den Knödeln gehört“, sagte er freundlich.

„Zachi bleibt bis zu seinem Umzug unser erster Torwart. Artjom kann bis dahin unser Ersatztorwart sein. Abgemacht?“, fragte Dimitri.

Alle schlugen ein.

„Logo!“, sagte Artjom und klatschte auch mit allen ab.

„Na toll, und wer holt Zachi jetzt zurück?", fragte Pedro, ohne eine Antwort abzuwarten, und rannte zu Zachi nach Hause.

Dort klingelte er. Aber Zachi reagierte nicht.

Zehn Minuten lang versuchte er es immer wieder. Bis sich die Chance ergab, mit einem anderen Bewohner ins Treppenhaus zu schlüpfen. Oben klopfte Pedro an die Wohnungstür. Nichts. Pedro klopfte lauter, hämmerte gegen die Tür.

Die Nachbarin steckte schon ihren Kopf aus dem Türspalt.

Pedro hörte auf zu klopfen. Da hörte er Zachi von innen.

„Lasch mich in Ruhe!" Gefolgt von einigen an Diego gerichteten Schimpfwörtern. „Und ihr habt noch nicht mal was dagegen gemacht!"

Pedro hörte Zachi weinen.

Pedro verstand, dass Zachi traurig und enttäuscht war. Vermutlich hätte er sich an seiner

Stelle genauso vor den Kopf gestoßen gefühlt. Bestimmt sogar, überlegte er.

Trotzdem erklärte er durch die geschlossene Tür hindurch noch mal in aller Ruhe ihre Situation. „Wir haben doch alles versucht. Aber wenn du weg bist, stehen wir mit leerem Tor da! Und das kannst du doch auch nicht wollen!“

Endlich öffnete Zachi die Tür und ließ Pedro rein.

Zachi nickte stumm. Die Tränen kullerten weiter.

Es brauchte den ganzen restlichen Nachmittag, bis Pedro ihn zur Rückkehr in die Mannschaft überreden konnte.

„Und du bleibst bis zum Tag deines Umzugs unser Torwart, das ist doch klar!“, versprach er. „Und irgendwie bleibst du sowieso immer ein Hai, denkst du nicht auch?“ Pedro zwinkerte Zachi zu.

Zachi nickte. Endlich huschte ein Lächeln über sein Gesicht. Pedro hatte es genau gesehen.

In diesem Moment wusste er, dass er es geschafft hatte, Zachi zurück auf ihre Seite zu ziehen. Lange war er sich nicht sicher, ob er ihn überzeugen könnte. Zwischendurch hätte er fast den Mut verloren und es aufgegeben.

„Du bist also beim Spiel gegen die Savignys dabei und morgen wieder im Training?“, vergewisserte Pedro sich, als er wieder vor der Tür stand.

Zachi hielt ihm die offene Hand entgegen.

Pedro schlug ein. „Wusste ich doch, dass wir auf dich zählen können!“

Erleichtert lief er mit diesen guten Nachrichten zum *Dönerhimmel*, wo die anderen nach dem Training noch zusammensaßen.

Direkt am Fenster saß Artjom, neben ihm Ulf.

Ulf? Pedro seufzte. Das sah ihm ähnlich. Ulf heckte doch bestimmt wieder etwas gegen sie aus.

„Keine Angst!“, empfingen ihn Diego und

Mehmet schon an der Tür. „Ulf wollte nur wissen, ob wir nun einen Torwart haben oder nicht. Und jetzt haben wir sogar zwei! Artjom ist unser Ersatztorwart für Zachi!“

Diego puffte Artjom in die Seite.

„Ist ja schon gut, ich habe verstanden“, sagte Ulf, stand auf und zog lächelnd ab.

Pedro sah ihm mit skeptischer Miene hinterher. Dass Ulf nichts im Schilde führte, konnte er nicht so recht glauben.

„Die brauchen auch einen Torwart“, erklärte Artjom den anderen, nachdem Ulf gegangen war. „Aber da ist er zu spät gekommen!“

„Die Knödel kommen immer zu spät!“, stellte Mehmet klar.

Alle stießen mit Apfelschorle auf Artjom an und hießen ihn offiziell bei den Fußball-Haien willkommen.

* * *

Türkei
EIN TRAUMURLA

Zwei Tage später war es so weit: das Spiel gegen die Savignys. Die Fußball-Haie hatten alle ihre Fans informiert und dazu bewegt, sie zu unterstützen. Bei einem Auswärtsspiel war das besonders wichtig. Etliche waren ihrer Aufforderung gefolgt und standen bereits zwanzig Minuten vor Beginn am Spielfeldrand.

Sogar Zachis Vater war zum Savignyplatz gekommen, ebenso seine Mutter. Es war Monate her, dass sie gemeinsam Zachi bei einem Fußballspiel zugeschaut hatten.

„Vertragen sich die beiden wieder?“, fragte Tim und deutete auf Zachis Eltern.

Zachi schüttelte traurig den Kopf. In dem Moment fiel sein Blick auf ein Spruchband, das Mehmets Schwester Laura und ihre Freundin in die Luft hielten.

„Tschüss Zachi! Wir denken immer an dich!“

„Alsch ob ich geschtorben wär“, muffelte Zachi leise vor sich hin.

„Das gibt hier heute ein Gala-Abschiedsspiel für dich!“, rüttelte ihn Tom aus seinen düsteren Gedanken.

„Genau!“, sagte Zachi, besann sich und krempelte seine Ärmel hoch. Er sah zu seinen Eltern. Neben seinem Vater stand ein Mann, mit dem Artjom gekommen war.

„Viel Glück für das Spiel!“ Artjom kam aufs Spielfeld gelaufen, um Zachi persönlich alles Gute zu wünschen. Und weil er eine Nachricht für Zachi hatte.

Zachi bedankte sich und zeigte mit einem Kopfnicken zu dem Mann.

„Ist das dein Vater?“

„Ja!“

„Witschich!“, fand Zachi. „Ihr steht genau neben meinen Eltern!“

„Oh!“, sagte Artjom. Das hatte er natürlich nicht gewusst. „Aber das passt ja gut.“

„Wieso?“

„Diego hat mir erzählt, dass dein Vater Techniker ist. Für LKWs!“

Zachi nickte. „Ja, und er...“

Doch Artjom ließ ihn nicht ausreden. „Mein Vater ist auch Techniker – für Flugzeuge. Aber die haben auf dem Flughafen auch irre viele Fahrzeuge. Kannst du dir ja vorstellen. Busse, Wagen fürs Gepäck, Tankwagen …“

Zachi nickte. „Ja. Und?“

„Die Wagen müssen immer in einem top Zustand sein. Wie bei deinem Vater in der Firma. Und im Moment suchen sie neue Techniker, hat mein Vater erzählt.“

„Wie?“ Zachi begriff nicht ganz.

Artjom wartete nicht darauf, dass Zachi endlich kapierte. Er zog ihn am Ärmel mit sich. „Los, komm!“

Artjom führte Zachi zu seinem Vater. Und erklärte ihm, dass neben ihm Zachis Eltern standen.

Über das Gesicht von Artjoms Vater zog sich ein breites Lächeln. „Na, das passt ja!"

Dann stellte er sich den Eltern vor und erzählte ihnen das, was Artjom gerade Zachi erzählt hatte. Mit einer wichtigen Ergänzung, von der Zachi noch nichts wusste.

„Bei uns müssten Sie nicht im Schichtdienst arbeiten. Tagesdienst genügt."

„Wie? Was?", fragte Zachis Vater verdattert und sah ratlos zu seiner Frau.

„Na ja", erklärte Artjoms Vater. „Ich will mich nicht in Ihre Angelegenheiten einmischen. Aber wegen Ihrer Arbeit", er sah erst Zachis Vater an und dann seine Mutter, „brauchte Zachi dann nicht mit Ihnen nach Friedrichshain zu ziehen, gnädige Frau. Ihr … äh … Mann … also, ich meine … Zachis Vater hätte dann immer pünktlich Feierabend."

Zachis Mutter wollte gerade etwas erwidern, dann sah sie aber in Zachis leuchtende Augen, der gerade begriffen hatte, worum es hier ging, und sie schloss den Mund wieder.

„Überlegen Sie es sich!“, sagte Artjoms Vater. „Und jetzt schauen wir das Spiel an!“

Zachi konnte es immer noch nicht so richtig glauben. Aber mit der Aussicht, dass er vielleicht doch bei seinem Vater im Wedding wohnen bleiben konnte, lieferte er eines seiner besten Spiele.

Die anderen wussten davon noch nichts und wollten Zachi ein besonders gutes Abschiedsspiel bescheren. Deshalb spielten auch sie so gut wie selten. Und so gewannen sie knapp, aber verdient gegen die eigentlich haushoch überlegenen Savignys.

Zachis Eltern besprachen die neue Lage zwei ganze Tage lang. Dann war es entschieden.

***

„Jippiiiieeh“, rief Zachi schon von weitem und rannte auf den Sparri wie einer, der gerade die Champions League gewonnen hatte. „Mein Vater kann zum Flughafen wechscheln und in den Tageschdienscht!“

Natürlich hatte Artjom die Haie längst informiert. Seit zwei Tagen hatten alle kräftig die Daumen gedrückt.

„Du bleibst bei uns?“, vergewisserte sich Juan lieber noch mal.

„JAAA!“, grölte Zachi und drehte sich im Kreis.

„Zachi bleibt – Zachi bleibt, yeah – yeah – yeah!“, sang Dimitri, und alle stimmten mit ein.

Nur Artjom blieb etwas abseits stehen.

Zachi sah das und stoppte.

„Und? Was wird aus dir, wenn ich jetzt bleibe?“, fragte er.

Artjom hatte ihm ja dazu verholfen, dass er bleiben konnte. Und nun konnte er deshalb nicht bei den Haien mitmachen. Blöd!

Doch Artjom lächelte ihm freundlich zu. „Ich? Ich bleibe auf dem Sparri!"

Zachi zog erstaunt die Augenbrauen hoch.

„Na, die Knödel brauchen doch einen neuen Torhüter!"

Zachi lachte laut los. „Du wirscht ein Knödel?! Na gut. Trotschdem können wir ja manchmal tschuschammen Torwarttraining machen!"

Sie gaben sich die Hand und schlugen ein.

MANUEL NEUER

Geburtstag: 27.3.1986

Geburtsort: Gelsenkirchen

Größe: 1,93 m

Position: Torwart

Verein: FC Bayern München

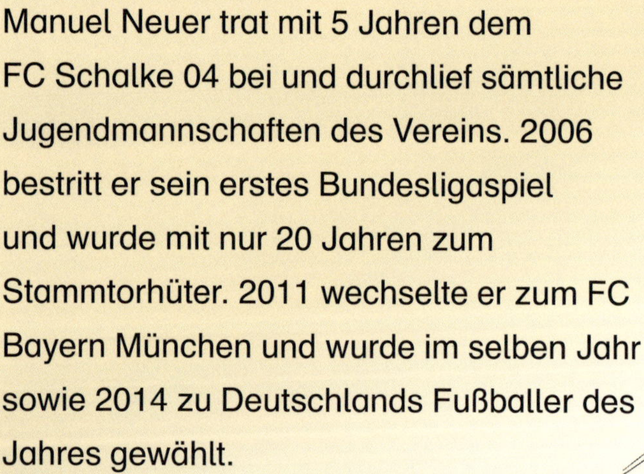

Manuel Neuer trat mit 5 Jahren dem FC Schalke 04 bei und durchlief sämtliche Jugendmannschaften des Vereins. 2006 bestritt er sein erstes Bundesligaspiel und wurde mit nur 20 Jahren zum Stammtorhüter. 2011 wechselte er zum FC Bayern München und wurde im selben Jahr sowie 2014 zu Deutschlands Fußballer des Jahres gewählt.

Besondere Fähigkeiten:

- hervorragende Reaktion
- sehr gutes Spiel mit dem Ball
- besonders weite und präzise Abwürfe

Größte Erfolge:

- Weltmeister 2014 mit Deutschland in Brasilien
- Champions-League-Sieger 2013 mit dem FC Bayern München
- Deutscher Meister 2013 bis 2017 mit dem FC Bayern München
- Pokalsieger 2011 mit dem FC Schalke 04 sowie 2013 und 2014 mit dem FC Bayern München

LESERÄTSEL

1. Welchen Torjubel haben Max und Dimitri einstudiert?

   U: Säge

   A: Salto

2. Wie heißt der andere Bolzplatz, auf dem Zachi spielt?

   M: Savignyplatz

   R: Traveplatz

3. Was ist Diegos Berufswunsch?

   P: Trainer

   Z: Manager

4. Was hat Diego der Sekretärin geschenkt?

   U: Lübecker Marzipan

   E: Königsberger Marzipan

5. Wo ist der neue Arbeitsplatz von Zachis Vater?

   G: Flughafen

   K: Bahnhof

Lösungswort

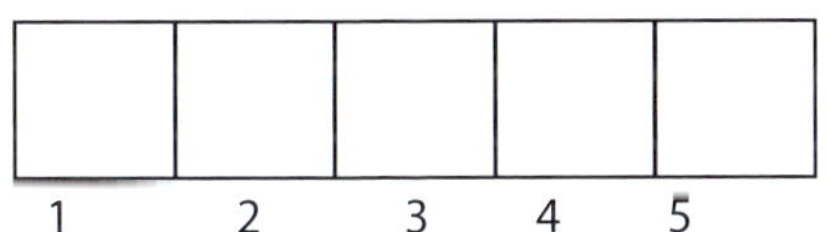

Hast du das Lösungswort gefunden? Dann schreibe es auf eine Postkarte und schicke sie an uns oder sende uns eine E-Mail. Unter allen Einsendern verlosen wir jeden Monat tolle Buchpakete!

S. Fischer Verlag
Fußball
Hedderichstraße 114
60596 Frankfurt am Main
superhelden@fischerverlage.de

WIE WÜRDEST DU ENTSCHEIDEN?

Hier sind zwei Fragen zum Nachdenken für dich!

1. War es richtig von den Fußball-Haien, Zachi heimlich nachzuspionieren?

2. Glaubst du, dass die Haie ohne Zachi weiterhin genauso erfolgreich gewesen wären?

ZEICHNE DEINEN LIEBLINGSSPIELER!

Trage den Namen und den Verein deines Lieblingsspielers ein und zeichne ihn auf die rechte Seite!

Trenne danach die Seite vorsichtig heraus. Jetzt kannst du sie sammeln und in dein persönliches Fußball-Album kleben, sie verschenken oder in deinem Zimmer aufhängen!

Name: ______________________________

Verein: ______________________________

Die Fußball-Hai

Fußball-Haie: Spieler gesucht!
ISBN 978-3-596-85633-6

Fußball-Haie: Das große Turnier
ISBN 978-3-596-85634-3

Fußball-Haie: Ein Team startet d
ISBN 978-3-596-85635-0

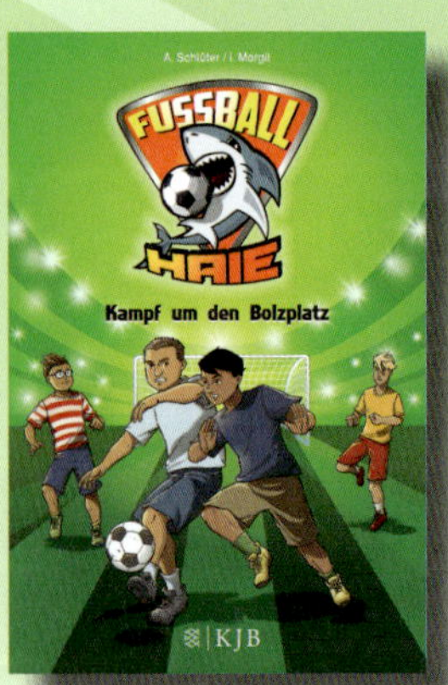

Fußball-Haie: Kampf um den Bolzplatz
ISBN 978-3-596-85636-7

Fußball-Haie: Spiel mit Biss
ISBN 978-3-7373-5199-7

Fußball-Haie: Duell im Fußballc
ISBN 978-3-7373-5200-0

edes Buch ein Treffer!

Fußball-Haie: Torwart vermisst!
ISBN 978-3-7373-4029-8

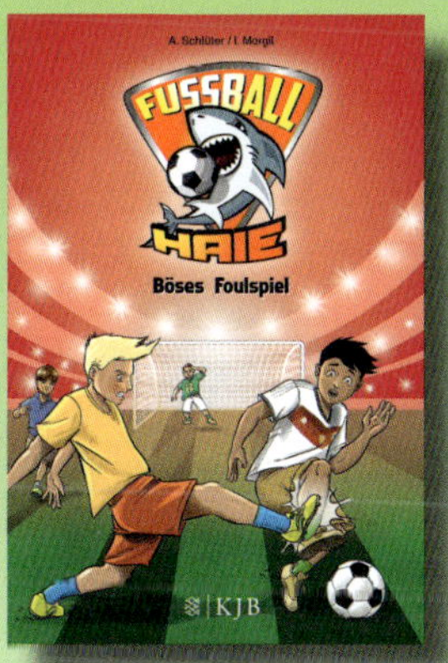

Fußball-Haie: Böses Foulspiel
ISBN 978-3-7373-4030-4

Fußball-Haie: In der Abseitsfalle
ISBN 978-3-7373-4083-0

Fußball-Haie: Freundschaft oder Sieg
ISBN 978-3-7373-4084-7

MEHR LESE-SPAß!

SUPERMAN, Band 1
Der Meteor
des Verderbens

- [ ] Habe ich schon
- [ ] Wünsche ich mir

SUPERMAN, Band 2
Die Spielzeuge
des Schreckens

- [ ] Habe ich schon
- [ ] Wünsche ich mir

SUPERMAN, Band 3
In der Hand des Bösen

- [ ] Habe ich schon
- [ ] Wünsche ich mir

SUPERMAN, Band 4
Metallo erwacht

- [ ] Habe ich schon
- [ ] Wünsche ich mir

Welche wünschst du dir?

SUPERMAN, Band 5
Gefahr aus dem Weltraum

- [ ] Habe ich schon
- [ ] Wünsche ich mir

SUPERMAN, Band 6
Die gestohlenen Superkräfte

- [ ] Habe ich schon
- [ ] Wünsche ich mir

SUPERMAN, Band 7
Unter Hochspannung

- [ ] Habe ich schon
- [ ] Wünsche ich mir

SUPERMAN, Band 8
Bizarro greift an

- [ ] Habe ich schon
- [ ] Wünsche ich mir

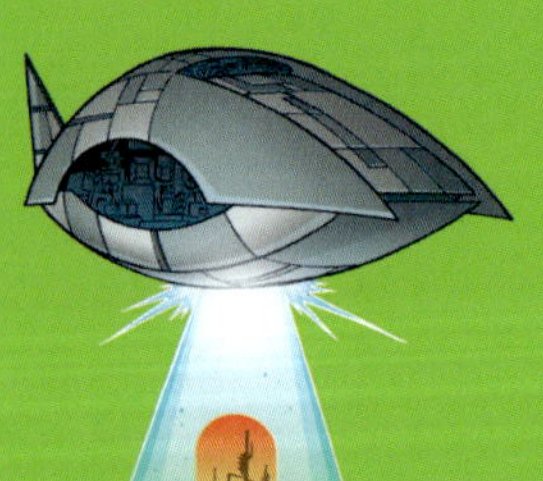

SUPERMAN, Band 9
Kryptons letzter Sohn

- [ ] Habe ich schon
- [ ] Wünsche ich mir

SUPERMAN, Band 10
Die entführte Stadt

- [ ] Habe ich schon
- [ ] Wünsche ich mir

fi 666 068/1/a

NOCH MEHR LESE-SPAß!

BATMAN, Band 1
Der Nebel des Grauens

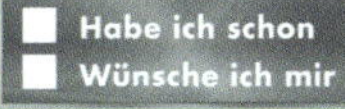

- ☐ Habe ich schon
- ☐ Wünsche ich mir

BATMAN, Band 2
Das Gruselkabinett des Bösen

- ☐ Habe ich schon
- ☐ Wünsche ich mir

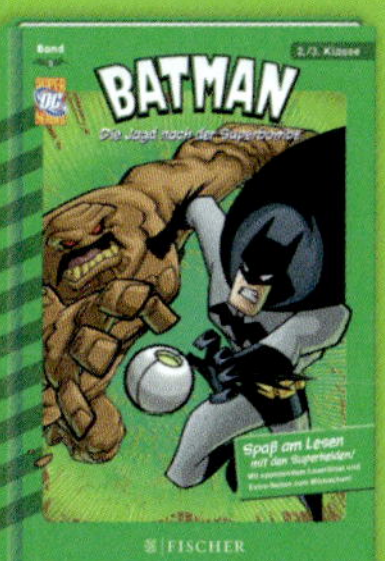

BATMAN, Band 3
Die Jagd nach der Superbombe

- ☐ Habe ich schon
- ☐ Wünsche ich mir

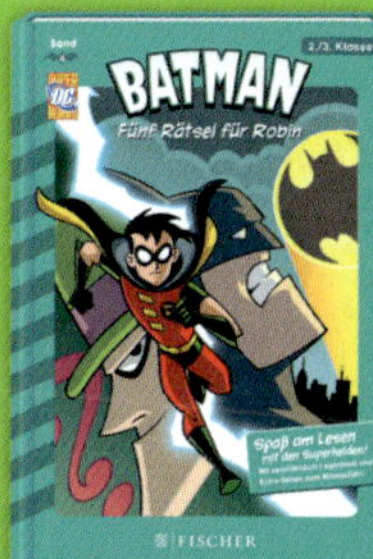

BATMAN, Band 4
Fünf Rätsel für Robin

- ☐ Habe ich schon
- ☐ Wünsche ich mir

Welche hast du schon?

BATMAN, Band 5
Der tödliche Garten

- ☐ Habe ich schon
- ☐ Wünsche ich mir

BATMAN, Band 6
Ein Held unter Verdacht

- ☐ Habe ich schon
- ☐ Wünsche ich mir

BATMAN, Band 7
Die Rache des Puppenspielers

- ☐ Habe ich schon
- ☐ Wünsche ich mir

BATMAN, Band 8
Angriff aus dem Eis

- ☐ Habe ich schon
- ☐ Wünsche ich mir

BATMAN, Band 9
Eine schreckliche Überraschung

- ☐ Habe ich schon
- ☐ Wünsche ich mir

BATMAN, Band 10
Der Mann hinter der Maske

- ☐ Habe ich schon
- ☐ Wünsche ich mir

h 660 060/1/b

TOR
W